시골농부의 농촌일기

마음여행

정일성

정일성

1958년 전남 무안에서 출생하였습니다. 자연과 더불어 웃고 울며 살아
가는 자연 토박이입니다. 인향문단에 시를 발표하며 등단하였고 오랜
시간 개인창작시집을 준비하여 첫번째 시집 [시골농부의 농촌일기- 마
음여행]을 출간하였습니다. 호는 강유이며 때론 강철처럼 강하고 때론
오뚜기처럼 부드러운 삶을 살려고 하는 자연과 더불어사는 시인입니다.

정일성 창작시집

시골농부의 농촌일기 - 마음여행

초판 인쇄일 2021년 11월 15일
초판 발행일 2021년 11월 15일

지은이 정일성
펴낸이 장문정
펴낸곳 도서출판 그림책
디자인 이정순 / 정해경
출판등록 제2010-000001
주소 경기도 수원시 영통구 이의동 웰빙타운로 70
연락처 TEL070-4105-8439 (010)2676-9912
E-mail : khbang21@naver.com

시골농부의 농촌일기

마음여행

정일성

책을 펴내며

소중한 사람에게

– 강유 정일성

바빠서 못 본 소중한 사람이
이제 보이기 시작한다

얼마 남지 않는 마음속
뭉클함이 몰려옵니다

아주 젊어서 만난
소중한 님

이 제 껏 믿음 하나로
만들어가던 시간들

바빠서 생각 못했던 미안함이
바람처럼 밀려옵니다

이젠 산 정상을 넘어온 시간들이
야속합니다

정말 돌아보니 미안함이 들물 되어
가슴속을 메웁니다

소중한 님
사랑하는 님

남은 시간 포기하지 않고
빛이 되고
질긴 끈이 되어 사랑해 주고 싶소

- 이 책을 나의 소중한 님들에게 드립니다

시골농부의 농촌일기 – 마음여행
시화

시골농부의 농촌일기

마음여행

장마와 태풍

조용히 지나간 태풍이 감사하다
나락이 갓 피었는데
태풍이 휩쓸고 갔다면 쭉정이가 될 뻔한 논의 나락들

다행중 다행이요
거기에 장마까지 계속 이어진다
자연의 오묘함을 던져주는
매력 덩어리 자연 앞에
당당히 서서 살아갑니다

아무리 시련을 준다한들
굳건히 지키며 산다는 것 어렵고 힘든 시간이지만
즐기며 살아가 보렵니다

가끔씩 높은 하늘을 보며 생각해 본다
복 받은 무안이라고요
멀리는 제주도에서 막아주고
가까이에는 유달산 승달산에서 막아주니
감사한 마음으로 살아봅니다

내 고향

전라도 무안 망운 톱머리라네. 하늘에서 보면 톱같이 생겨서 톱머리라고 한다요. 댐을 막기 전에는 천혜의 해수욕장이었는데 지금은 으리으리한 숙박 시설이 가득 차서 옛 내 고향 어디로 갔을까. 반대편에는 골프장과 호수가 자리하고 하늘을 나는 비행기의 집과 길이 되었네. 내가 나고 자란 내 고향 흔적도 없이 큰 비행기에 밀려서 떠난 나. 꿈속에서… 추억에서 본 아름다운 내 고향 톱머리.

비포장 길 흙먼지 날리며 덜거덩 거리며 달리던 짐차들. 이젠 마음속에 아련한 추억으로 새기며 살아간다. 내 고향 땅이라도 밟고 싶어도 못 밟는 이내 심정 누구에게 원망하리. 철조망 너머 멍하니 바라만 보네. 비행기한테 원망할까. 말없이 담위에 쳐있는 철조망에게 하소연할까. 장벽에 막혀서 못가는 내 고향 무안 망운 피서리 803-5번지여… 발길 돌리는 내 마음, 천근만근이어라.

소가 대를 위해 내어준 내 고향 톱머리……. 제2의 고향 무안 청계 송현으로 발길 돌려 네 바퀴 달구지에 몸 신고 부릉부릉 하며 간다네. 언제 내가 살던 내 고향 땅을 밟아볼까? 꿈에 본 내 고향 아름다워라……. 내 생명 다하는 그날까지 사랑하며 살리라.

땅·바다·하늘

삼면이 바다요
넓은 땅이 있고
높은 하늘 아래서 살금살금 내려주는 고마운 자연

공짜 같은 인생살이와 자연을 벗 삼아 오래오래 살고 싶다
뒤돌아보니 오랜 시간 뒤로하고 힘차게 달려온 64돌 시간들

땅·바다·하늘
바라보는 삼각주의 낮과 밤
반가움에 맞이하는
삶의 시간들

아, 좋고 좋아요
자연 속에 주인이 된다는 것
바쁨 속, 사랑이 꽃필 때
행복은 작은 곳에서
큰 곳으로 달려온다

땅·바다·하늘 함께 할 수 있어
감사하고 행복합니다

까치집

주인장은 어디 가고
혼자 높은 나무 꼭대기에서
대롱대롱 겨울바람에 그네를 탄다

미련 없이
가차 없이 떠난 까치를 보며
많은 생각에 담겨본다

저 나무위에 까치처럼 살다
홀연히 떠난 시간들

산위에 올라가
바라본다
많고 많은 집들
누가 살까요?

까치처럼 딱 1년 살다가 떠난다면
어떡할까요?

높은 나무 위에서
세상 구경하다 홀연히 떠난
까치가 부럽다

수선화

한파가 때리고
거센 바람이 때려도 꿋꿋이
탱글탱글한
노란 꽃망울을 선물하는
수선화

봄날에
딱 봐도 어울리는
노란 수선화

왈칵
껴안고 싶은 시골 농부

봄 자리매김을 위해 피어나는
수선화 꽃
눈 속에
파묻혀 있을 땐
절망에
눈길 보낸
내가 부끄럽네요

여유로운 삶은 언제 올까

나도 넓디 넓은 세상 구경 가고 싶다
모든 시름 다 내팽개치고
힘차게 앞으로
후진 없는 고속도로를 맨몸으로 달리고 싶네요

땅에 묻혀서 허리 굽혀 일한들
마음은 작은 산 넘고 큰 산을 넘어갑니다

몸과 마음이 왜 이리 일심동체가 안 되나
그냥 쥐어박고 싶은 팔색조 같은 마음
오늘도 발길은
빨강색으로 변해버린 고추밭으로 향해가는 나

마음은 콩밭에 있고
몸은 하우스 고추밭에서 빙글빙글 돌아간다
나도 놀러가고 싶다
우물 안 개구리가 싫소
그냥 눈썹 휘날리며 여행가고 싶네요

농촌일기

움직이면 뚝딱 나오는 먹잇감들
지천에 깔려서 오라 손짓하네

앞산에선 죽순, 고사리
뒤 냇가에선 붕어, 미꾸라지가
밭에선 수박, 참외, 호박, 옥수수, 오이가

집 앞 화단에선 블루베리, 오디
맛깔나게 익어가는 과일이 손짓한다
몸만 부지런하면 맛깔나게 먹을 수 있는 먹거리들

아침 공기는 상상할 수 없이 청량하고 깨끗함을 열어준다

집 뒤 냇가에 고등어 머리 넣어서
냇가에 망을 넣어서 생각 날 때마다
미꾸라지, 붕어 잡는 재미가 솔솔 하지요

작년 딱 한번 자라 놈을 놓쳐서 안타깝기는 해도
내 복이 아닐까 놓쳤네요
농촌이란 곳에서 작은 소망과 꿈을 만끽하며
하루하루를
행복하게 살련다

심술꾸러기 비

내려라 비야
심술꾸러기 자연 옆에 있으면
당찬 꿀밤 세례 퍼붓고 싶은 마음

대지위에
자식 같은 곡식들 목말라
몸으로 말한다
타들어가는
곡식들
농사꾼의 마음도 타들어 간다

내려라
내려다오
높은 하늘 보며 외쳐 본다
외쳐 본들 메아리만 돌아올 뿐

얄미운 비
심술꾸러기 비
말라하는 농심의 마음을 전해봅니다

짝짝 내려주길…

하늘의 선물

신나고 알찬 비
여름일 다 끝내고 조용히 내린다
가끔은 세찬 바람과 함께
힘찬 빗방울로 때리는 비

들판에 푸르름이 한껏 다가온다
밤에 청개구리들은
어디로 다 갔을까

빗방울이 창문을 노크하네요
바람과 함께요

편안한 몸과 마음
괜스레 무거운 눈꺼풀은
약속이라도 하듯이
뽀뽀하며 나를 잠재운다

비에 취한 몸 비에 취한 마음
쉼이 넘 즐겁다
쉼이 넘 맛있다
이 맛에
죽도록 일했나?

밤이 좋아요

남자 세계는
밤에 이루어진다
제라늄 꽃처럼
넘 멋스러움
포즈에
마음이 쏠린다

남자의 마음을
홀라당 뺏어 가는
제라늄 꽃

바라만 봐도
쿵쿵거리는
사내 마음

붉으스름 안고서
낮과 밤을 호령하는 꽃들
밤불빛에
더더욱 화려함을 던져 준다

주전부리 옥수수

녹색의
옥수수를 수확하는 농사꾼
그저 바라만 보아도 좋다
자연이 주는 알콩달콩 속삭임의 선물

옥수수 껍질 속에 나란히 줄지어 있는 알맹이들
혼자 먹기 아까워서 자식 손자에게 보낸다

간식거리의 행복

농민은
땅에 희망을 던져주니 인사하듯이
덜커덩 기쁨을 내던져 준다

하하 호호
찰옥수수도 웃는다
철없고 순진한 마음으로
수확하는 기쁨
사랑하는 애들에게 널뛰기 하듯 보냅니다

백구두 농사

참 많이도 꿈꽃이 피었네요
백구두 신고 농사할 줄 꿈엔들 알았을까

소 쟁기질에 써레질하고
못줄 뛰어가면
아랫동네 윗동네 모두 모여
모 심을 때가 엊그제 같은데

이젠 백구두 논농사를 짓는 시대가 왔으니
세월의 무상함을 한 번 더 느껴지네요

논에 물대고 집채만한 트랙터가 윙윙거리면 끝이요
이앙기가 한번 가면 푸르름이 융단처럼 깔리고
농약은 장난감 같은 드론이 왔다갔다 하면 끝이네요

봄여름이 지나
가을이 오면
콤바인이 두 번도 아닌 한 번 가면 알곡으로 다가온다

약 서른 번의 손이 가면 우리 밥상에
오르는 쌀밥
옛 어른들이 밥이 보약이란 말이 귓전을 메우네요

바보 사각 박스

어매, 볼 것이 없다
연신 내 입에서 하소연을 한다
모두 잘난 사람이 하도 많아서 헷갈리게 한다

내가 바보인가 저기 저 사람들이 바보인가
사각틀 속에서 덕지덕지 분장하고 멋있는 말로 현혹한다

자꾸 들여다보니 바보가 되어가는 나
바보 박스가 자꾸 멀어진다
창문 밖으로 향해가는 나
그래도 자연의 푸르름
자연 바람이 더 좋다

바보들의 울부짖는 소리보다는 훨씬 더 좋지요
자연과 더불어 살아가는 것
찌들고 찌든 못된 사각박스 연인보다
자연을 연인하고 사랑하며 사는 것이 최곱니다

시원한 골바람
내 몸 내 마음을 아롱 새기며 오늘도
휘파람 불며 살아가리라

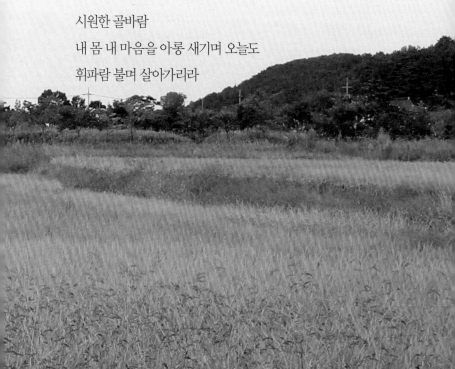

인심이 넘 좋다

시내 나가면 한 집 걸러 커피집
어느 가게든 들어가면 자판기 아니면 봉지 커피가 기다린다
일명 양촌리 커피다
한 봉지가 100원이 넘는 걸로 알고 있다
옛적에는 담배 인심이 최고였는데 이젠 부담이 된다
도시 커피 한 잔 값이 사오천 원
선뜻 다가가기엔 먼 당신 같지만 분위기에 먹곤 한다
우리가 흔히 말하는 공깃밥 네다섯 그릇에 버금가는 가격이
시골농부 행동을 제약 하는 것 같다
참 많이도 늘어나는 커피숍이 왠지 시골농부는 어설프다
커피 한 잔의 인심, 내 마음이 교차한다
밥 먹고 한 잔 고기 먹고 입가심으로 한 잔
정다운 사람들과 희희낙락하며 한 잔
시골 엄마들 봉지 하나 찢어 밥그릇에 붓고
뜨거운 물 넣어 휘휘 저어서 마시는 한 잔

인심이 넘칩니다
정 있고 인심 좋은 우리나라
물 한 모금 대접하던 것이
이젠 차 한 잔이 되지 않았을까 생각해 본다
커피 한 잔을 시켜 놓고 예쁜 양반 기다린다는 노랫말이 생각난다

벌써 봄이네요

앞마당 양지 바른 곳에는
벌써 수선화 꽃망울이 맺혔네요
아무리 추운 겨울이라 해도
봄은 꼭 오지요

노란 색의 수선화도 며칠이면
보지 않을까 싶네요
봄봄봄봄 아무리 불러 봐도
지겹지 않은 봄을 그려 보네요

새가 노래하고
여기저기 봄꽃이 남녘에서 올라오면
마음껏 즐겨보는 것이 희망사항이 되었네요
코로나 때문에 서글픈 봄을 맞이하는 우리들

며칠 전 아침에 눈이 왔네요
입춘대길이란 말이 무색해졌다
이상기온으로 시들해진 농사꾼들 힘내시라

작년에도 보고
올해도 본다는 것이 세월의 흐름을 느껴지네요
올해도 건실한 꽃 선물 기대해봅니다

어린 청개구리

여보쇼
어린 청개구리야
주름관 위에서 무얼 생각할까

잠시잠깐 쉬었다가
껑충껑충 갈 길 가야하는 청개구리

험한 세상에서
어린 청개구리를
보듬어 줄 것은 어디일까

자연에 맡기고 갈뿐
숨 내쉬며 세상 밖으로
내달린다

어리고
어린 청개구리
자연 속 일원으로 향해가는 길
무탈하기 바라 보네요

자연은 동반자

자연과 나를
사랑하며 사는 것

지상
최고의 삶이 아닐까

자연도 푸르름
나도 푸르름

열과 성을 다해 사는
너와 나

누가 시기한들
다 지나가리라

자연이 나를 일깨운다
함께 사랑하며 가자고

때론 얄밉다
때론 한없이 고맙다
하지만 혼자 갈 수 없는 길

어깨동무하며 자연이 주는 사랑
함께 하며
얼사덜사 사랑하며 살고 싶습니다

좋은 아침

내리는 장맛비 소리에
마음을 담가 봅니다

때론 힘차고 거칠게
때론 약해 보이지만

장맛비가 주는 행복은
작은 곳에서부터
채워주네요

조용하고
깨끗하고
행복한
아침을 맞이하는 하루

정말 행복합니다
사람마다
다 그리움을 가지고 살아가지만
오늘 아침은
그 무엇과도 바꾸고 싶지 않는
아침입니다

조용히 내리는 장맛비처럼
내 가슴도
조용히 적셔 주네요

날마다 아쉽다

새날 새아침의 새벽
눈뜨면 일어나는 많은 시간들
날마다 아쉬움이 넘치고 넘쳐서
시냇물 되고 강이 되고 바다가 되듯이
아쉬움이 남네요

농촌의 아침
산들 바람이 파고든다
질긴 삶의 여정을 그리듯이 하루를 여는 마음
물정 모르고 지나온 시간들

그래도 하하호호 웃는 나그네
바보 같은 생각에 멈춘 손
아쉬운 마음
축구공 차듯이 멀리멀리 힘껏 찬다
아파 울고 가는 둥근 축구공

내가 왜 금세 잊고 산지가 반평생이 아니더냐?
일하는 재미
먹는 재미
재미있게
아쉬움도 즐기며 살리라

새벽

새벽은 말이 없다
불러봐도 조용하기만한 새벽의 시간들
간간이 창문에 노크하는 바람이 대답하며 먼 길을 떠난다
왜 이리 조용할까 깜깜해서 좋다
보이지 않아도 마음으로 보고 대답하는 몸과 마음

장맛비가 올려나
창 넘어가는 마음

가뭄 속 단비는 언제 오려나?
오길 바라봅니다
많이 말고 적당이 최곤데
적당이란 걸 말하는 내가 우습네요

적당히 산수책에 숫자처럼 살 수 없는
불가분의 삶들을
말함이 아닐까 싶네요

새벽이 주는 즐거움을 마음으로 느끼면서
하루의 설계를 해본다
아름다운 생각
정열적인 도전
거기에 사랑과 행복을 합산한
건강이 답은 아닐까요

새벽이 주는 즐거움을 만끽하며
하루를 덜컹 덩달아 열어본다
참 좋다 좋다고요

새벽이 좋다

깜깜한 밤을 열어주는
새벽이 이리 좋을까

조용하고 깨끗한 마음
청량한 마음
창문 너머 뻐꾸기는 왜 울어댈까

남의 집에다 탁란해서 지키는 중일까

자기 새끼 지가 키워서
종족번식해야 진정한
부모가 아닐까 생각해 본다

새벽이면 계속 들려오는 뻐꾸기 울음소리
왠지 상쾌한 아침을 맞이하는 기분에 찬물을 뿌린다

새벽에 내 숨소리조차도 시끄럽게 느껴진다
새벽은 일의 시작이요
밤은 휴식의 시작이요

둘 다 나에겐 꼭 필요한
사랑의 징표다

생명의 시간

질긴 생명력에
한 번 더 쳐다보는 시골농부
아스팔트 틈새에서
피마자가 싹트고
꽃피고 열매 맺고
종족번식 위해
고난의 길을 택한
피마자 나무

어떻게 새싹을 틔었을까
볼수록 생명의 소중함을 느낀다
없애고 싶었는데

오기가 발동한 나
오기와 생명력 싸움에
내가 백기 투항이요
숭고한 피마자 나무가 싱싱하게
멋지게 이겼습니다

밤손님 두꺼비

밤나들이 나온 두꺼비
화단에 꼭꼭 숨었다가
어둠이 내리면 나오다가
딱 걸린 두꺼비 놈

무엇이 못마땅하다는
표현으로 몸을 한껏
풍선처럼 부풀린다
성질깨나 있어 보인 두꺼비 놈

한참을
같이 놀다
화단으로 보내주는 나

배불리 사냥하고
씩씩하게 잘 자라주길 바라는
주인장의 마음을
알지 않을까 싶네요

노란색으로 왔다

문 안에 핀 선인장꽃
작년에도
올해도 어김없이 달려온 노란색의
선인장꽃과 물망초꽃

약속이라도 하듯이 곱게 단장하고
산전수전 다 겪다가 노란 꽃으로 승화했다

수줍어
물망초
잎 속에 숨어 핀 노란색
선인장 꽃
이쁘다 이뻐요

오래 간직하고픈
소년의 마음

들락날락
문 앞에서 오늘도 방정맞은 웃음 선사하며 지킨다

백합과 장미

참 이쁘다
정열과 혼이 살아가는
화단의 삶

하얀색 백합꽃 뒤에
정열을 바치는 정열의 꽃 장미
보기만해도 요동치는 마음

백의민족처럼 꿋꿋하게 핀 백합꽃
정열을 듬뿍 담아 핀 장미꽃
왠지 설레인다

막 설레이는 마음
누가 무어라 하지도 않는
질긴 시간을

왜일까
달래고 달려보는 꾼의 어설픈 마음

역시 사랑은 옛적이나
지금이나 변함이 없다
꽃을 보며
내 몸속 마음속 뭉클한 사랑
이어가리라

비가 오네요

양철지붕에
뚜두두둑 떨어지는 고마운 비
목마른 대지 위에 내려요
대지를 적시는 비가
이리도 좋을까요

비와 함께
달콤한 휴식을 취하고 나니
행복이란 멜로디가
나를 일깨웁니다

역시 비는 안오면 남이요
오면 님이라고 불러보고 싶다
푸르름이 더해가는 들녘을
물끄러미 바라보는
시골농부의 애절한 마음
허허허허 웃고 싶네요

비가 많이 오면 남이고
알맞게 오면 님이죠

쌀밥

들판을 하나하나 채워간다
못줄 모내기가 아닌 이앙기에
앙증맞은 봄놀림에 채워져 가는 논의 푸르름
보기만 해도 배가 절로 부르네
정성 다한 농민 손을 떠난 나락들의
고진감래(苦盡甘來)를 기대해봅니다
자연과 더불어 열과 성을 다해서
쌀밥으로 보답하길 바라보는 마음

어른 자식 떼어내는 농민의 마음
자연과 농민의 합작으로 무럭무럭 잘 자라서
오천만 식량으로 태어나길 기대해 본다
배고픈 시절 쌀밥 한번 실컷 먹는 것이
내 소원이었는데 이젠 소원성취 했는데

몸은 늙어가도 마음만은 이팔청춘 못지않은
행복의 나래를 펼쳐간다

푸르름이 더해가는 대한민국 농부님들
오늘도 힘내세요

희로애락

유월의 첫날
자연 속에 살아가는 것들
어느 것은 쓰러져 있고
어느 것은 꼿꼿이 서 있다

모든 것이 필요치 않은 것 같아도
쓰러져 있는 것이
꼿꼿이 서있는 것에 기대어 있다

하나가 필요하면 열이 필요하고
열이 필요하면 백이 필요하듯이
단순한 것 같아도 함께하는
단순한 삶이 아닌
부지런한 희로애락을 같이하는 것

단순 복잡한 세상사
자연을 보면서
아,
기대고 산다

익어가는 여름

오디가 익어가는 여름
한 움큼 따서 여름을 먹는다
달고 시고 입맛 돋우는 오디요

나에겐 잠시 잠깐
휴식을 맛보는
아름다운 나의 시간들

오디 한 움큼에 피로도 싹 가신다
먹는 것이 남는 것 참 좋은 것 같아요
붉으스름 안고서
주인장 기다리는 오디

살랑살랑 부는 바람에
신선 놀이하듯이 춤춘다
오가는 새들도 배고픔 달려보는 쉼터

여름을 만끽하며 제철에 나는 것
그것이 우리 몸에 보약일세
오늘도 잠시 들려
보약 한 움큼 입에 물어넣고
여름을 즐겨보리라

인동초꽃

나와 21년을 함께 동고동락한 인동초꽃
문간 화장실 위에 널브러지게 하얀 꽃을 선사하는 인동초꽃
바쁜 걸음 재촉하노라 봐주지 않는다고
향기로 유혹하는 인동초 꽃

악조건에도 굳건히 살아 숨 쉬는 인동초
사랑의 굴레, 우애, 헌신적 사랑
비비 꼬여 말라 비틀어져도 살아남는 인동초 꽃

한번 생각해봅니다
인고의 시간을 뒤로 하고
갈수록 향기를 한 아름 준 인동초를 보며
헛되이 사는 나에게 꿈과 희망을 던져주니
고맙고 감사한 일이죠

오늘도 향기 품고 문간 화장실 위에서
지나가는 나그네 길잡이가 되어준
인동초 꽃을 사랑합니다

올해도

작년과 올해는 크고 작을뿐
그냥 이어간다

딱 한가지
내 몸에서 강한 신호음이 들린다
일하고 난 뒤에
아이고, 힘들어 소리가 절로 나온다

올해는 그렇다 치더라도
내년이 궁금해진다
하루살이 같은 삶인데요

오늘에 열중하며
살아 가야할 시골농부의
어설픈 합창소리가
마음 깊숙이 품어져 나온다

오늘에 충실할 것
내일 내년은 가봐야 아는 것
그냥 모르는 척
아리랑 고개를 넘어 가보자

밥이 보약입니다

쌀밥이 있으니
젓가락과 수저를 동원해서
입으로 운동한다

식당에 푸른 테두리 안
꽃처럼 핀 두개의 다발이
정겨움으로 다가온다
아름다운 꽃

젓가락과 수저의 조화로운 상생에
꽃을 보며
내 몸과 마음을 그려본다

하나는 바늘이요
하나는 실이요
운명적인 꽃송이 같은
수저와 젓가락의
향연을 뒤로하고 일터로 향하는
시골농부는 행복하다

오늘이란 시간
먹기 위해 살까
살기위해 먹을까
숙제를 않고서 걸음을 재촉한다

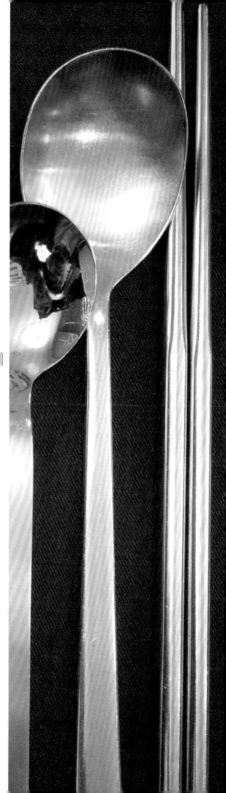

오락가락하는 계절

시소게임이라도 하듯이
오락가락하는 겨울과 봄
못된 송아지에 뿔나듯이
왜 이리 왔다 갔다 할까
봄인지 알고
홀라당 벗어버린 누더기 옷들이
냉큼 웃음 짓는다

또 입은 걸 왜 벗어던지고 야단인고
쓴 웃음 내뱉는 겨울옷들
자연은 한치 앞을 분간 못하게
오락가락하는 사람 마음 같다
거기에 나도 포함 한다
움츠리는 몸과 마음
가만히 생각해보면
사람 마음과 똑같은 자연

오늘 하루만이라도 포근하고
정다운 마음으로 살수 없을까
자연처럼 오락가락하지 않고 살았으면
어떨까 생각해 본다

철없는 내 마음은
아직도 겨울과 봄이 오락가락 한다
꼭 내 마음 같다

봄비

어제 저녁부터 살금살금
한 두방울씩 간보며 내리는 봄비
아침 마당을 적셔 났다
누가 오라고 했을까
밭에 마늘, 양파거름 주었던
시골농부의 마음
알기라도 하듯이
살금살금 내려주는 고마운 봄비

이젠 아낙네들 바쁜 손길
밭으로 불러들인다
싱싱하게 자란 잡초를 매기 위한
바쁜 손길들
잡초처럼 곡식이
저렇게 병도 없이 키워준다면
얼마나 좋을까 생각해봅니다
우리 인생도 잡초처럼
늘 싱싱하게 살 수 없을까를
생각해 본다

잡초도 제 자리가 있듯이
시골농부 역시
내 자리는 농사꾼이다

한 철 노랫소리가

농촌 들녘
한 철에만 들을 수 있는 청개구리 노래가 구성지다

밤 메아리로 다가오는 합창소리가 시끌벅적 들리지만
그래도 좋다

한철 밤에만 들을 수 있는 청개구리 합창소리도
예전만 못하니 아쉬움이 절로
내 몸에 스며든다

합창소리 정겨움도 세월 따라 쇠퇴할까봐
못내 아쉬움을 달래본다
몇 해 전만 해도
우렁차게 노래하던 청개구리는 어디로 같을까

한철
밤에만 시끌벅적 노래하던
청개구리의 향연이
계속해서
이어지길 바라본다

내 손이

평생 함께 할
소중한 손

사람만이 유일하게
손을 가지고 산다고 한다

생각해 본다
손이 없다면 얼마나 불편할까

손이 있어 밥도, 문자도, 밴드도
사랑할 수 있는 손이 고맙당

몸에 한 가지라도 없으면
바로 느껴진다

생활 속에 가장 소중한
손과 발

오늘도 만들고
먹여주고
닦아주고
쉼에 길을 만들어주는
소중한 손을 사랑해 보시지요

농번기

말도 없이 다가온
농번기 철
누가 오라했는가
살며시 일손 재촉하는
얄미움 한가득 안겨준다

비도 태클을 거네요
머 하려고 하면
며칠씩
왔다리갔다리 해보는 비
얄밉다

정말
꿀밤이라도
때려주고픈 마음

날짜 잡아 놓으면
왜 비가 온다고 하는지
도통 감이 오지 않는다

이것이 틀어지면
저것이 외통
멍든 농민 가슴
편할 날이 없다

며칠만
더더더더 하는 농민 마음

오늘도 여기저기 논밭에서
오라하네
아무 생각 말고
낮잠이나 늘어지게
자고 싶다

개가 짖는다

깜깜한 밤 온 동네 개들의 짖는 소리가 멀리서
가까이서 들려온다

밤손님일까
아니면 바삐 사는 부지런한 농부일까
깜깜한 밤 메아리 되어
밤하늘 창가가 되어 들려오는 조용하고도 한가한 시골의 밤
모내기 철에만 들을 수 있는 청개구리 합창도
들을 수 있겠지 내심 기다려지는 시골농부

밤손님이 아닌 부지런한 농부이길 바라본다
제 자리에서 밥값을 똑똑히 하는 개들

밤을 수놓는 유행가 가사처럼 노랫소리가 정겨움을 준다
도시는 소음 농촌은 유행가

아침은 여지없이
지각도 하지 않고 오겠지요
밤의 향연을 뒤로하고
밥 한술 먹고
들로 향해가는 농부님들 파이팅

쉼의 즐거움

일한 뒤에 쉼은 억만금하고 바꿀 수 있을까
일해서 조용한 휴식을 맛보기 위해서
열심히 노력한 대가가 아닐까 싶네요

거기에 깨끗함까지 금상첨화
마음을 가득 안고 출발선에 서다
아름답고 슬기로운 금수강산을 넘어
향긋한 꽃내음도 함께 마시며 서다

정말 좋다
몸은 늙어가도 마음만은

이팔청춘 못지않은 내가 아니던가
맑고 푸른 자연 속 들판으로 달려가는 마음

마음이 아주 나빠요
혼자만 홀로 아리랑 한 곡조 하며 나가니 어찌 좋겠소
일심동체가 되었으면 얼마나 좋을까 행복할까
쉼이란 넘 좋다 좋다고요
한주 시작하는 하루 문을 열면 금방 사라지는 시간들

따라가기 벅차도 시골농부는 왠지 약방에 감초가 되고 싶다
기분이 짱이니까요

조금씩 익어가는데

피었다가 조금씩 익어가는 시간들
느껴지는 시간 속에 무얼 추구하며 살까요

핌과 동시에 저버린 동심의 시간들
아이고, 왜 그땐 몰랐을까
울컥 스친다
몸과 마음속 뭉클함이요

지나고 보니 아주 농담처럼 보인다

노란색일까

빨간색일까

노랑도 좋고 빨강도 좋다

이왕이면 수박처럼

겉은 푸르더라도

속은 빨강색의

정열로 익길 바라봅니다

농사꾼

마음은

사랑을 품은 어미 마음이 아닐까 싶네요

새싹

새싹의 아름다움을 그려본다
보기도 아깝지만
그래도 행복한 마음으로 받고 사는 시골 농부들

간들간들 푸르름을 더해가는 농촌 들녘에 녹색으로 변해간다
꽃이 지면 어여쁜 열매가 메롱 하고 놀리듯이 반긴다

시간이 지날수록 여물어가는 열매들
시고 달고
뜹뜹한 열매들 그래도 좋습니다
건강을 이어주는
생명의 원천이기에 감사하고 고마운 일이죠

새싹처럼
조심스런 세상 알콩달콩 살다보면 오색 빛깔
무지개 색으로 다가온다

약비

바람과 함께 어깨동무하며 내리는 약비
못자리에도 약비
마늘 양파에도 약비
산천초목에도 약비

시들시들한 농민 몸에도 쉬라고 약비
헌데 논에 소풀* 못 뺀 이는 슬픈 비다

* '부추'의 방언

항상 음과 양이 곁들인 세상
시골농부는 마냥 허허 웃지 못하고 다소곳이 양반 자세로
세상 공부한다

음과 양 비와서 좋은 사람
헐레벌떡 입가에 미소 짓고
슬픈 사람은 비와 함께 슬픔을 노래한다

시골농부는 약방에 감초 같은 약비
혼자만의 조용한 시간을 만끽해보네요
밖에 청개구리도 벌써 개굴개굴 노래하는 아침이 넘 좋네
요

좋은 아침
괜스레 사랑하고픈 마음입니다

들꽃처럼

길가에 핀
들꽃 같은 마음으로 품으리라

바람도
구름도
향긋한 꽃내음도 다 품고 살리라

창문 너머 향긋한
여름 내음
살포시 다가와 인사하는
5월 어느 날
월요일 아침

하나만 더더더더 하다가
애꿎은 마음 깔깔깔 웃는다

들꽃처럼 품으리라
내 사랑하는 마음 달래며
품고 살아가리라

숨을 쉴

숨을 참아야 할 때가 있고
숨을 쉬어야 할 때가 분명 있다

물질하려 들어가는 해녀들의
욕심이 더더더더 하다가
백과 흙의 갈림길에 선다

참을 때와
쉴 때를 명확히 해야 하는 것
우리들
삶의 방정식이 아닐까 싶네요
삶의 자화상
삶의 기획을 잘해야 하는데
삶이
순례길을 더듬어 간다

검정 거미

방안의 벽에 살포시
앉아서 무슨 생각을 할까
고독한
한 마리의
검정 거미님

성장하는 여름날이라
님을 볼 생각에
잠시 잠깐 가던 길 멈추고
생각에 잠겨있는 듯

괜스레 가던 길
태클을 걸어볼까
심술이 난다
말 못하는 생명체의
검정 거미님
사랑해요 라는 편지를
전해봅니다

칭찬

오늘 누구한테 칭찬받을까
내심 바라는 마음이다
잘해야지
돌아서면 잊어버리고
마음대로 하는 나

자다가도 칭찬 받으면
용수철처럼 뛰어 오르는 나
정말 힘들다
칭찬 받는 일

밀고 당기며 살아가는
야속한 시간들
멈춤이란 상처 속에 아물며
만사형통이란 수식어가 떠오른다

불편함 속에
칭찬하는 사회
칭찬 받는 우리가 되길 바라봅니다
칭찬은 웃게 하는 보약입니다

바람과 비

깜깜한 밤
우당퉁탕 몰고 내리다가 어디로 갔을까

조금만 더더더더
애타는 시골농부의 마음은 아랑곳 하지 않고
떠나버리는 야속한 바람과 비

신나게 불고 내린 비
소문난 잔칫집에 먹을 것 없단 말이 딱 맞는 말 같다

간질간질하다 만 바람과 비

믿는 내가 바보다

하루에도 몇백번 변하는

내 맘 같은 자연

속고 속는 것을 지난 뒤에 알아차린

내가 바보, 바보다

4월의 마지막 날

마무리 잘하시고

녹색 짓는 오월을 맞이하시게요

모두 고생하셨습니다

퍼즐게임 인생

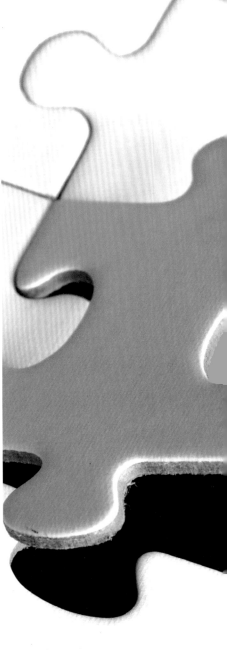

인생살이 농사일 모든 걸
한꺼번에 뚝딱 맞추어
놓고 살면
안될까 생각해 본다

모든 것이 다 퍼즐게임 하듯이
엉금엉금 맞추며 살아가는 세상
성질 급한 놈
지레 죽지 못해
꾸역꾸역 살아가는 세상

한번 맞춤으로
사는 세상이 있었으면
얼마나 좋을까 생각해봅니다
봄, 여름, 가을, 겨울 말고
그냥 하나의 계절로 된
계절이 있다면
행복하지 않을까요

인생살이
삶이 넘 복잡한 것이 아닐까

아픔

몸이 아프면
마음도 덩달아 아픈 것 같다
세월 따라
함께 오는
아픔의 동행자

아픔 없는 길이 있을까
동행 한다고
손짓하며 따라 붙는
그림자 같은 아픔

사는 세상이 내 것인 양
살 수 있다면 참 좋으련만
왜 그리 껌딱지처럼
뚜벅뚜벅 내게 붙을까

흔적 없는 세상
아픔 없는 세상
그곳에서 살았으면 합니다

예쁜 것들

돌아보면 아름다운 것들이
지천에 깔려서 손짓한다
발길 닿고 손 닿고
눈길 멈추는 곳에 아름다움이 머문다

자연 속에 멈춘 눈길
어디에 두어도 그 아름다운 자체가 좋다

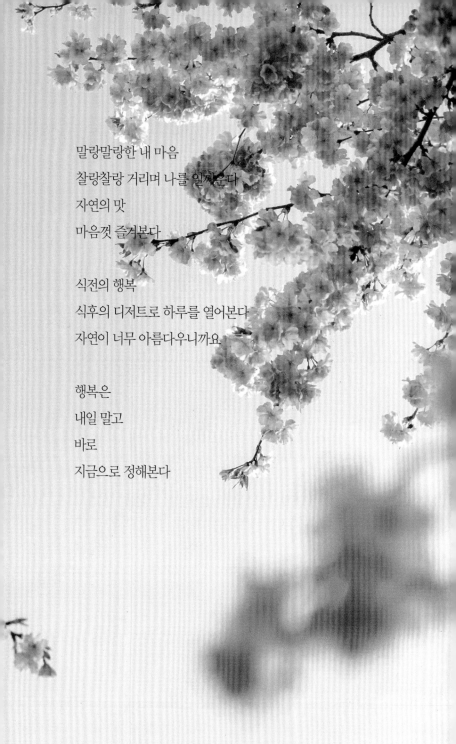

말랑말랑한 내 마음
찰랑찰랑 거리며 나를 일깨운다
자연의 맛
마음껏 즐겨본다

식전의 행복
식후의 디저트로 하루를 열어본다
자연이 너무 아름다우니까요

행복은
내일 말고
바로
지금으로 정해본다

어린 고추

정성껏 키운 고추나무가
우리 집으로 시집을 왔다

정성은 먹고 잘 자라주길 바라는 주인장 마음을 알겠지
해 뜨면 더울까봐 공기 통풍이요
해 지면 추울까 보온 해준다

하루하루 달라져 가는 고추나무
올해는 병 없이 잘 자라고
수확 많이 하고픈 생각이 먼저 앞선다

좋은 마음일까
아니면 나쁜 마음일까
아무리 정성 듬뿍 준다 한들
자연 태클에 속앓이 한다

농사꾼 삶
한치 앞도 분간할 수 없다
그저 애꿎은 자연만 바라보며
열과 성을 다 할뿐이다

어린 고추나무를 보며
환상에 트리오로 짝짜꿍하고 싶다

조생 양파

하우스 안에 조생 양파들
잎이 희끗희끗하다
병일까 깜짝 놀라 살펴보니
냉해 입어 잎이 말라 간다

양파같이 강한 식물도 추위 앞에선
속수무책이다
여기저기 수돗물도 나오지 않아
혼쭐이 났다

작년부터 이어지는 기상이변에
속수무책이다
갑자기 시베리아 추운 날씨가 왔다가
봄 날씨처럼 따뜻한 날씨가
예사롭지 않다

갈수록 더 신출귀몰한 기상이변을
어떻게 생각해야 되나
답답한 가슴 쪼이는
시골농부의 얼굴이 흐려진다

개었다가 흐려지는 종잡을 수 없는
자연의 두 얼굴에
냉가슴을 안고 산다

물레방아

물레방아는
우리들 마음 속에 평화를 준다
또한 농업에
획기적인 역할을 하였지요
물이 없으면 돌 수 없는 물레방아에
아픔을 달래 본다

엔진의 원조가
물레방아란 사실을 알고
다시금 생각해 본다
도로에서 씩씩하게 달리는 엔진부터
하늘을 나는 제트기 엔진까지
무궁무진하다

물레방아 도는 것을
가만히 보고 있으면
다가온다
평온함이 마음 한가득 차지한다
엔진의
원조인 물레방아가
오늘도 힘차게 돌아가길 바라본다

송아지 보내는 마음

만남과 헤어짐은 피할 수 없는
숙명이 아닐까 싶네요

만남은 헤어짐의 끝이요
헤어짐은 만남의 시작점이 아닐까 싶네요

만남과 헤어짐은 누구의 작품일까요
그냥 한번 만남이 쭉쭉 뻗은
고속도로 같기를 바라봅니다

오늘도 만남과 헤어짐 찜찜하게 받아 들이며 시작한다
낮과 밤
밤과 낮의 조화로운 삶이 아닐까 싶네요

낮엔 죽어라 일하고 밤엔 허리가 노곤노곤하게 잠자고
참 행복을 누리며 잘도 살아간다

흙과 백의 상생으로 멋과 맛과
낭만을 어우르며 살아가는 이팔청춘 마음들
휘파람 소리 내는 마음으로 행복 찾아 떠나보리라

개복숭아

아직도
어두운 밤인가 보다
봄꽃은 다 태동하는데
나뭇가지에
대롱대롱 매달린 꽃봉오리들

언제 태동할까
아침저녁 문안 인사가 약발이 없나
내심 기대해 본다

빨강색의
개복숭아 꽃
앙상한 가지 마디마다 널브러져
속만 태운다
아직도 겨울과 봄을 저울질 하는
야속한 개복숭아 꽃
애타게 기다리는 시골농부의
마음을 전하리라

피어난다

산전수전 다 겪다가
굳게 다문 꽃망울이 하나씩 내민다
붉은 색으로 다가오는 개 복숭아 꽃

피할 수 없는 마음
덜커덩 빼앗겼다
내 마음을

활짝 내밀면
어쩌나
내 눈이
하늘로 향해야 하나
땅으로 향해야 하나

바라보면
내 정열적인 마음 다 뺐기네

아
얄미운
내 마음 잡아 본다

365일

일년 삼육십오일 날
곶감 빼먹듯이 잘도 빼먹고 산다

무얼 했을까?
앞도 옆도 뒤도 땅도 하늘도 돌아보지만
늘은 것은 이마에 주름살이요
머리에 새치도 늘고
허송세월 보냈냐

이리저리 살펴보니
건강하게 의식주 챙겨먹고
산 것 뿐일 뿐생각은 없다

삼백육십오일(365)에서 팔십이일(82) 잘도 살았다
이백팔십삼일(283) 무엇하며 알차게 살까

곶감 빼먹듯이 말아야지
다짐 또 다짐 해본다
오늘이란 하루 시작과 끝이 주마등처럼 뚜벅뚜벅 걸으면서
건강도 챙기고
행복도 가득 하길 바라보고 싶다

눈꺼풀

새벽을 열어 본다
헌데 눈꺼풀이 제일 무겁네
피곤에 지친 몸
누가 무어라 해도
제일 무거운 것이
눈꺼풀이 아닐까 싶네요

새벽잠 쉬이 쫓으며
눈썹 휘날리며 앞으로 앞으로
후진 없는 인생길 달려 본다

깜깜한 새벽을 박차고 달린다
희망 싣고 꿈을 향해 간다
새벽녘은 언제 오려나

내심 깜깜한 밤도 좋다
한줄기 희미한 불빛을 찾아
인생길 떠나봅니다

떠나온 길 생각해 보고
떠나갈 길 생각해 봅니다

심술꾸러기 봄비

와! 또 온다
심술꾸러기 봄비
누가 반긴다고 짝짝 내릴까
야속한 마음으로
창문 밖을 멍하니 쳐다본다

초대장도 보내지 않았는데
홀대 받으면서도 내리는
야속한 봄비

오늘 따라
청양고추 먹은 마음으로 다가 온다
누가 반길까

눈총 받으면서도 잘도 온다
자연의 횡포
속앓이 하는 시골농부
애꿎은 높은 하늘만 바라보며
골똘히 상념에 잠긴다

이젠 제발 그만 와라
마음껏 외친다

내 소원

내 소원은 작고 작지만
때론 방대한 욕심쟁이가 되고픈 때도 있다

어렸을 땐 대통령도 하고 싶었는데
이젠 싫다
대통령을 하면
박수도 많이 받고 살지만
욕도 많이 듣고 살기에

그냥 내 소원은
내 가족 건강 했으면 좋겠고

그래야 무안군이
대한민국이
행복하고 건강할 테니까요

오늘도
내 작은 소원성취 위해
최선을 다하리라

내 몸은 기상청

이변이 없는 한
내 몸이 기상청 같다
비올 것 같으면
몸에서 신호가 온다

100%로는 아니어도 얼추 맞는 기상청
옛 어른들 말씀이 왜 이리 다가올까요

시간이 가면 자동으로 몸에서 느껴지는 것
TV 속 예쁜 아가씨가 말한들 못 믿는다

농어촌에서는
기상청 발표가 중요한 역할을 한다
생물을 다루는 직업이라서요

몸은
자연의 신비스러움을
함께 공유하며 간다

화목

춥디추운 겨울 생각하면 따뜻한 아랫목이 생각나네요
옛적 할아버지가 화로에 구어준 고구마를 생각해보네요
시커멓게 탄 고구마 속에 노란 속살이 입맛 당기던 시절
저 차에 실린 화목을 보면서 옛 생각이 절로 나네요

자기 몸 불 태워서 따뜻함을 선사하는 화목
왠지 마음속 뭉클함이 와 닿네요
화목의 고마움
보이지 않는 먼지 한 톨도 없어서는 안 되지만
한 겨울에는 자기 역할을 충실히 해내는 화목이
최고가 아닐까 싶네요

밖에는 엄동설한이지만
방 안에는 훈훈한 여름 열기가 내 몸을 감싸 주네요
참 행복한 날들,
자연이 아무리 장난 친들 무덤덤한 하루는 시작합니다

추위야 물러가라 외쳐 보지만
찬바람이 창문을 노크하네요
하다 말겠지 지치면 떠나가지 않을까
인내심이 발동합니다

너는 해라
나는 내 몸과 마음 사수하리라

하얀 세상

어젠 비가 오더만
밤새 하얀 세상으로
변해버린 세상

요술을 부린
자연이 야속하기도 하고
정겹기도 하다

종잡을 수 없는 미지의 자연
길거리 차들도 종종걸음을
재촉 하듯이
엉금엉금 앞을 향해 간다
자연의 오묘함을 느껴 본다

겨울과 봄의 자리를 놓고
힘겨루기가 오늘도 계속된다
그 틈 속에 낀 시골농부는
춥다 추워요
제발 정신 줄을 놓지 마라

쉽게 잡히지는 않는다
마지막 선택은 자유지만
그래도 행복한 마음으로
봄을 응원하면서
만물이 소생하는
봄을 그려 본다

호박

거실 따뜻한 곳을 떡 하니
차지하고 있는
미운 호박 두 덩이

노란 꽃이 왜 그리 미운지
장미꽃처럼
어여쁘게 피어나면 얼마나 좋을까

꽃도 밉고
호박도 밉게 생겼지만
우리 식탁에 빠져서는 안 될 음식이다
장미꽃은 눈으로 즐기지만
호박은 입으로 즐긴다

마음 따뜻한 호박
입으로 맛보는 것이 최고입니다
뱃속이 든든해야
이쁜 것도 보이는 법
많이 굶은 사람에게 장미꽃이 필요할까

호박 같이 순수함을 담고 싶소
저 둥근 호박처럼

값진 삶

오늘도
한걸음씩 내딛는 발걸음 마다 인생이 묻어난다
아무 것도 아닌 것 같은데

내 삶의 재산이 늘어만 간다
역경에 부딪혀도 슬기롭게 앞을 향해가는
시골농부의 끈질김으로 살아간다

몸은 천근만근이라고 하지만
마음의 재산은 쌓이고 쌓여간다
어차피 물이 높은 곳에서 낮은 곳으로 모이듯이
내 삶의 재산도 먼 곳을 향해 쌓여만 간다

삶의 재산이
삶을 위함이 아닐까 생각해 본다

생명

하루 저녁 새 생명이 여섯 마리가 태어났다
진돗개 세 마리
작은개 세 마리에서
한 마리는 저 세상으로 가고 두 마리만 살아있다

이 추운 날씨에 쏟아지는
새 생명이 반갑지만 추위 때문에 안타까운 마음이 앞선다

소, 염소, 개
새 생명의 선물들
새해에는 뭔 일이 되려나?
이왕 얻었으니 건강하게 잘 자라주길 바라본다

새 생명의 소중함을 몸소 느껴 본다
매번 느끼는 거지만
정말 귀하고 소중하게 여기는 마음이 새롭다

고드름처럼

지붕 위에서 내린 눈이
고드름 꽃이 되어 선물 했네
자연의 선물,
추워야만 볼 수 있는 고드름

자연은 참 신기하다
어떻게 저리도 이쁜 고드름 꽃을 만들까
위에서 밑으로 흘러가는 물을 발목 잡아
환상의 선물을 만드는 자연

해님이 훼방 치면 어쩌나
괜스레 가슴 죄는 시골농부다
고드름 영롱한 자태에 경의를 표하고 싶다
자연만이 할 수 있는 작품의 세계로 들어가고 싶다

심술꾸러기 같지만
여유로움도 주는 깍쟁이 자연을 사랑하고 싶다
오늘 하루 자연 앞에 수긍하며
살아가는 삶을 노래한다

싫다 싫어 하지 말고, 좋다 좋다고 하지마라
두 얼굴의 자연 앞에서는
인고의 시간이 필요하다

여행 가고 싶다

하루하루가 정말 힘들다
대문을 나가면
동장군을 만나야 하고
눈썹 위로 올라오는 훈기에
눈썹에 습진이 생길 것 같다

하루 종일 눈을 맞으며
일하는 분들은 어떻게 살까
존경스럽게 느껴진다
갈수록 챙겨야 할 것이
많고도 많다

모든 것 다 훨훨 털어 버리고
여행을 가고 싶다
남의 눈치 보지 않고 옛적에
그 시절로 돌아갈 수 있을까

무거운 눈꺼풀이
무겁게 느껴지는 아침
하루의 시작을 연다

가자가자, 마음의 여행이라도 간다

씨앗

내 마음 속에 씨앗 한 알 심고 싶다
1년에 한 알씩 심은 씨앗은 추억이 되어 남았다

올해는 어떤 씨앗을 심을까
아직도 고민에 고민을 한다

사랑?
행복?
건강?
부자?

이 중에 어느 것을 골라 심을까
오늘까지 심어야 하는데
갈수록 어렵다

힘들수록 세월의 지혜를 발휘해야 하는데
한 발 두 발 뒤로 물러나고 싶다
자꾸만 작아지는 내 맘이 너무 밉다

심어야 싹 트고 자라고 꽃피고 열매가 된다
그게 행복의 씨앗이다

소나무

바위 위에 소나무
더위도
추위도
아랑곳 하지 않고
한결같은 마음으로
푸른 잎으로 인사 한다
세찬 풍파 속에서도 꿋꿋이 살아가는 소나무가 애처롭다

항상 안타까운 마음이 아닐까요
오늘도 거센 비바람이 휘몰아치는
바위 위에 저 소나무와
한 백년 같이 말없이 세월의 뒷편으로 숨어든다

고달픈들 고달파 하지 마라
꿈과 희망을 주며
꿋꿋이 살아가는 소나무에게
마음의 박수를 보냅니다

음식

아침 점심 저녁
어김없이 찾아 먹어야 하는 음식들
병원 약보다 음식으로 병을 고쳐야 하죠
병도 몸이 허약하면 약이 필요 없죠
우리가 먹는 음식
이젠 하나 둘 떠나버린 식구들
식탁의 잔잔함이 애석 하도다

옛적 둥근 밥상에 둘러앉아서
누가 더 먹나 눈치 보며 먹던 생각이
주마등처럼 흘러간다
사랑이란 양념이 들어가야
맛있는 음식이 탄생 하듯이
자식도 부모님 사랑 먹고 튼튼하게 자란다

어렸을 때 먹던 음식이 지금도 생각난다

엄마표 사랑 음식을 먹고 건강하게 산 우리들
맛난 음식 맛나게 드시고
모두 구구팔팔하게 사시계요
꼭이요

음식은
자연의 보약입니다

꽃이 피었네요

마당 화단에 하얀 꽃이 피었네
뜨거우면 슬며시 사라져 버리는 하얀 꽃
아, 이쁘다
소나무 위에 살짝궁 앉아서 나를 유혹한다
가로등 불빛과 함께 한 공간에서
환하게 빛나는 눈꽃

아침이 오지 마라
시꺼면 밤에 살짝궁 찍어보는 한 장에 꿈같은 하얀 꽃
이쁘다 예뻐요

살짝궁 익어가는 느낌의 시간들
자연은 항상 선물을 한 아름 준다
대가 없이 주는 자연의 사랑에 빠져 본다
열정적인 선물
열정적인 삶의 길목에서 만난 하얀 눈꽃을 사랑하고 싶다

젊은 할아버지가
하얀 눈꽃과 사랑에 빠지면 안 되는 것일까요
쑥스러운 마음 싱싱하게 다가옵니다

사랑사랑 내가 먼저 말하리라
먼저, 먼저가 최고입니다

못생긴 메주

오래 될수록 진한 맛을 내는
된장 간장 원료인 메주 열 덩어리가
대롱대롱 매달려 있네요

배고플 때는
가마솥에 한가득 삶아서
배불리 먹고
남은 것 메주로 만들었는데
이젠 보기 힘든 메주가 아닐까 싶네요

봄에
밭에 콩 심어 가을에 수확하고
늦가을에 메주를 만든다

대롱대롱 매달려
메주 띄우고
봄에 간장을 담지요

공장에서 나오는
맛난 된장 간장이 있지만
그래도 집에서 만든
집간장 된장이 최곱니다

간단하고
쉬운 것도 좋지만
옛 방식
그대로 빚은
고유의
우리 맛에
맛들인
집간장 된장이
최곱니다

작두 샘

물은 위에서 밑으로 흘려야
제 맛인 걸 삼척동자도 압니다
옛적 작두 샘이 있어
엄마들
행복한 얼굴이 생각납니다

일하고 훌렁 벗고
작두 샘에 등물하면
얼마나 좋았는지
해본 사람만이
그 시원함과 달콤함을 알지요

작두 샘의 사랑
작두 샘의 행복
작두 샘의 추억을 먹어봅니다

버릴 수 없는 추억의
파노라마입니다

위에서

지구 보석 위에서
떡하니 차지하고
사는 나

맨몸으로 와서 누릴 것 다 누리며
사는 우리들

오늘도
보석 같은 삶을 이어간다
먹고 마시고 싸고
제 멋대로 살아가는 나

베풀기만 하는 자연
모든 생명체가
거짓과 탐욕에 얽매여 살아가지만
자연은 거짓 없이 베풀기만 한다

보석 같은 지구
오늘도 끝없는 베풂
그 품에 안겨서 살아가는
모든 생명체들
감사한 마음으로 살았으면
어떨까 생각해 봅니다

최선을 다하는 것

오늘도 파이팅입니다
응원과 격려에
농사꾼의 하루 대견합니다

땅을 일구고 가꾸면서 살아가는
농사꾼의 하루
최선을 행하는 농사꾼
땅을 향해 가는 길
하늘을 우러러 보는 농사꾼

사랑도 최선이요
행복도 최고요

도전, 도전
하늘이 주신 최고의 선물이죠

고맙소
행복합니다
함께 최선을 다 하시지요
오늘도 파이팅입니다

시금치

푸른색을 힘껏 품은 월동 시금치
눈으로 한 번 먹고
입으로 한 번 더 먹는 겨울 시금치
왠지 가격이 없어
마음이 울적합니다

뽀빠이 아저씨 알통이 생각납니다
추우면 더 빛깔이 진한 녹색으로 우리 식탁위에 멋지게 자리합니다

오늘 첫 번째 수확을 해봅니다
서울 김장철에다
코로나가 발목을 잡습니다
언제쯤 경제가 돌아갈 지 장담할 수 없는 시간들

열심히 키웠는데
사랑 받고 무럭무럭 잘 자라는데
농민 한쪽 가슴이 절로 무거움이 느껴옵니다

스스로의 행복을 만들며
항상 아쉬움 반, 기대감 반으로
열심히 노력해 봅니다

내 간식 토마토

봄부터 겨울까지
마당 화단에
곱게 익어가는
내 간식 토마토

추위는 아랑곳 없이
씩씩하게 익어가는
빛 좋은 색으로 나를 유혹한다

아침마다
눈이 가요
손이 가요

입속으로 향해가는
내 간식을 먹고 본다
새콤달콤한 멋쟁이
추위도 몰라요

오직 나를 향하는 마음이
달콤함을 엮어 준다

아침을 열어 주고
밤에는 안녕을 고하는
내 간식 토마토

하얀 눈이 오면 어떡하나
고민 한 가지 더 추가된다

살짝궁 익어가는
내 간식 토마토의 아름다움에
시골농부 마음이
핑크빛으로 노래한다

함께하길 바라는 마음입니다

김장 김치

아낙네님들 1년 마무리 하는 김장김치 만들기
잔손이 많이 갑니다
배추가 세 번 죽는다는 말
그만큼 잔손이 많이 간다는 말이 아닐까요

가족 위해
모든 정성 가득 담아
김장 김치 담는 아낙네님들 수고에 감사하며
맛난 김장김치 1년 내내 숙성시킨 그 맛
한국인 밥상에 없어서는 안 될
김치가 최고죠

깔끔하면서도
어느 것하고도 궁합이 맞는 김치
최고의 음식으로 자리 잡고 있지요

버무린 김치 한 가닥에
삼겹살 한 덩어리 둘둘 말아
입으로 넣어 먹는 그 맛
먹어본 사람 만이 아는 맛이 아닐까 싶습니다

올 한해도 고생 많이 하셨습니다
아낙네님들 감사합니다

고마운 비

참 위대한 자연 앞에 물끄러미 바라보면 신기할 정도다
아무리 지하수와 냇가에 물을 준들
약간의 비는 곡식에 약비다

비온 뒤에 들녘 곡식들 푸르름이 최고다
시들시들 거리다가도 하늘에서 약비 한번 주면 생기가 돈다

역시 가뭄 뒤엔 곡식에게 비가 생명수입니다
오늘도 농민 눈에는 아무 탈 없이 늠름하게

푸르름을 더해가는 곡식을 보며
흐뭇하게 바라본다

산전수전 다 겪어서 온전한 곡식으로 보답하는 그날까지
온 정성 다하리라 다짐하는 농민들
오늘도 자식들 바라보듯이
싱싱하고 무럭무럭 잘 자라길…

자연의 섭리
인간의 도리가 합쳐서
탄생한 자연의 위대함에
고개가 절로 숙여진다

아버지

활활
타오르는 불처럼
아버지란 숙명적인
삶은
꺼지지 않고
타오른다

아버지란 숙명적인
어깨엔
삶의
무게가
불 타오른다

손자와 등불

등불을 바라보며
골똘히 생각에 잠긴 손주님
저 어린 마음속에
무얼 생각할까 물어보고
싶어도
그저 바라만 본다

애꿎은 할아버지 속 타는
냄새가 피어오르네
먹을 걸 생각 하나
아니면
자신의 장난감을 생각할까

등잔불은 타오르는데
말없는 것이 최고
조잘조잘 말하면
상상의 나래가
현실로 돌아오기에…

생강

봄에 이사 와서
긴 장마와 험한 태풍을 이겨내고 튼실하게
땅속에서 잘 자라준 생강이
웃음을 던져 준다

어여쁜 여인네 모습으로
다가온 생강

심심하기도 하고 잠시 쉼도 하고 싶고
자연의 섭리 따라 살아가야할
모든 것들

유심히 돌아보면 자연의 신비스러움을 만끽한다
높은 하늘에 뭉게구름도
산에 돌과 나무들
밭에 곡식도 자기 나름의 멋과 낭만을 그린다

천차만별 아름다움을 느껴본다
오늘도 어디선가 내 눈과 마음을 이쁘게 만들어 주는
모든 것을 사랑하고 싶다

막바지 농사일

하늘에서 보면 크고 작은 바둑판같은 전답
하나둘씩 푸른색으로 옷을 입고 겨울 채비를 합니다

마늘, 양파, 라이그래스 등등
우렁찬 기계가 휘휘 돌아다니면서
골을 잡고 비닐을 덮어 줍니다

거기에 아낙네들 손놀림에 푸르름을 채워가는
바둑판같은 논과 밭

농민 희망을 이어갑니다
올해보단 내년을 기약하며 부푼 꿈을 그려봅니다

푸른 농토
울긋불긋한 산
조화로운 농촌의 한가함

오늘이란 시간 속에서
삶을 위해
파이팅

물방울 하나

하늘에서 내려온 초롱초롱한 물방울 하나
살포시 가냘픈 잎새에 앉아있네
바람이 불면 어쩌나
뜨거운 해님이 오면 어쩌나

위태위태한 물방울 하나
가냘픈 잎사귀 타고 내려와
땅속으로 떨어지면 온데간데 없으니

괜스레 마음 쪼이며 보았나?
허망함이 몰려오네요
우리 인생사가 왔다
머물다 없어지는 초롱초롱한
물 한 방울이었나 생각해봅니다

대단한 것 같은데
지나고 보면 허망함이 뇌리를 쓸고 가네요

영롱한 물 한 방울
왔다 머물다 가는 물방울 인생살이네요

시골농부의 농촌일기

마음여행

시화

행복

봄 여인네가 살짝 때린다
눈도
마음도
몸도
황홀하게 때린다

화사함으로 다가온 봄 여인네
겨우네
어떻게 기다리다가
못내 사내 마음을
인정 사정없이 훑고 갈까

얄밉다 못해 질투 꾸러미 한아름
내 팽겨진 난
허허 웃음으로 화답하네

봄화신
꽃봉우리 여인

진정한 순례길

삶의 길
진정한 순례길을 떠난 나

목적지가 가까워지고
목적지를 앞두고
찾아오는 허무함

자꾸만 돌아본다
걷고 뛰고 달려온 시간들
내 자신을 사랑하는 시간들
내 자신을 믿다고 했던
철없던 시간들

진정한 인생 순례자의
마음으로 살고싶다

뜀박질이 아닌
천천히 걸어야 보이는
내 순례길

봄바람

살랑살랑
봄 바람이
내 마음에 자리한다

이뻐도
미워도 함께하는
봄바람
내 작은 가슴 빼앗겼다

그래도 좋다고
바보같이 담금질 하네

바보 바보라고 놀리면서
봄바람 분다

외롭다

깜깜한 밤만 되면
어김없이 환하게 밝혀주는 가로등

누가 무어라 하지 않아도
홀로 서서
지나가는 사람의 길잡이가
되어준 가로등

친구가 되어줄까
마음만 바쁘다

묵묵하게 날이면 날마다
누굴 기다리며 오늘도 밝은 세상을 준다

비가 와도 눈이 와도
바람이 불어도 끄덕없이 버티고 서있는
외로운 가로등이 고맙다

혼자

이 세상 혼자 왔다가
혼자 가는 길

잠시 잠깐 쉬어가는
시간들

힘들다고 투정 마라
세월 간다고 투정 부리지 마라

돌아온 길
돌아갈 길은 힘들고 거칠어도
혼자가 아니던가